Die Erfindung des Herkules

Halbgott, Titan und Triumphator

Eine Betrachtung

von

Lutz Spilker

DIE ERFINDUNG DES HERKULES – HALBGOTT, TITAN UND TRIUMPHATOR

Bibliografische Information der Deutschen Nationalbibliothek:
Die Deutsche Nationalbibliothek verzeichnet diese Publikation in der Deutschen Nationalbibliografie; detaillierte bibliografische Daten sind im Internet über http://dnb.dnb.de abrufbar.

Softcover ISBN: 978-3-384-14350-1
Ebook ISBN: 978-3-384-14351-8

Druck und Distribution im Auftrag des Autors:
tredition GmbH, An der Strusbek 10, 22926 Ahrensburg, Germany

Die im Buch verwendeten Grafiken entsprechen den
Nutzungsbestimmungen der Creative-Commons-Lizenzen (CC).

Inhalt

Das vornehmste Bestreben der Welt sei darauf gerichtet, keines Herkules zu bedürfen. Das ist die einzige Klugheitsmaßregel, die ich zur Zeit zugestehe. Es gilt nicht, einen Augiasstall zu misten, sondern aufzupassen, daß keiner entstehe.

Friedrich Hebbel

Christian Friedrich Hebbel (* 18. März 1813 in Wesselburen, Dithmarschen; † 13. Dezember 1863 in Wien) war ein deutscher Dramatiker, Lyriker und Erzähler.

Vorwort

Liebe Leserinnen und Leser,

es ist mir eine große Freude und Ehre, Ihnen das Buch ›Die Erfindung des Herkules‹ präsentieren zu dürfen. In diesem Werk tauchen wir gemeinsam ein in die faszinierende Welt der antiken Mythologie, um das Leben und die Legenden des legendären Helden Herkules zu erforschen.

Herkules, (gr. Herakles oder Heracles) auch bekannt als Hercules in der römischen Mythologie, ist eine Figur von unglaublichem Ruhm und Ansehen, deren Geschichten seit Jahrhunderten die Menschen auf der ganzen Welt faszinieren und inspirieren. Durch seine außergewöhnlichen Taten und heldenhaften Abenteuer verkörpert Herkules die Essenz menschlicher Stärke, Entschlossenheit und Überwindung.

In diesem Buch nehmen wir Sie mit auf eine epische Reise durch das Leben und die Abenteuer des Herkules, angefangen von seiner Geburt als Sohn des mächtigen Zeus bis hin zu seinen zwölf unmöglichen Aufgaben, die ihn an die Grenzen seiner Kräfte und darüber hinaus führen sollten. Wir werden seine Jugendjahre, seine Lehrjahre beim Zentauren Chiron, seine ersten Heldentaten und seine Tragödien erleben, die ihn geprägt und zu dem gemacht haben, was er war.

Doch dieses Buch ist mehr als nur eine Sammlung von Geschichten über einen antiken Helden. Es ist eine Reise in die Tiefen des menschlichen Geistes, eine Erkundung der Themen von Stärke und Schwäche, von Triumph und Tragödie, von Liebe und Verlust. Durch die Geschichten des Herkules können wir viel über uns selbst erfahren und darüber, was es bedeutet, ein Mensch zu sein.

Mein Ziel mit diesem Buch ist es, nicht nur unterhaltsame Geschichten zu erzählen, sondern auch zum Nachdenken anzuregen und Inspiration zu bieten. Ich hoffe, dass Sie beim Lesen dieses Buches ebenso viel Freude und Erkenntnisgewinn erfahren wie ich bei der Recherche und dem Schreiben.

Abschließend möchte ich allen danken, die an der Entstehung dieses Buches beteiligt waren, sei es durch ihre Unterstützung, ihre Inspiration oder ihre fachliche Expertise. Ohne Sie wäre dieses Werk nicht möglich gewesen.

Ich wünsche Ihnen eine spannende und erkenntnisreiche Lektüre und hoffe, dass Sie von den Geschichten des Herkules ebenso fasziniert sein werden wie ich.

Herzlichst,

Lutz Spilker

Die Geburt des Herkules: Mythos und Legenden

In den weitläufigen Hallen des Olymps, dem Sitz der griechischen Götter, wurde ein Schicksal gewoben, das die Grenzen zwischen Göttern und Menschen verschwimmen ließ.

Die Geschichte von Herkules beginnt mit einem Akt göttlicher List und menschlicher Leidenschaft, einem Spiel der Götter, das die Geburt eines Helden ankündigte.

Es war eine Zeit, in der Zeus, der mächtige Herrscher des Olymps, in seinen Liebesaffären oft die Gestalt eines Sterblichen annahm, um den Verlockungen der Welt der Menschen zu erliegen. Eine dieser Affären führte ihn zu Alkmene, einer sterblichen Frau von außergewöhnlicher Schönheit und Weisheit. Doch Alkmene war bereits mit Amphitryon, einem tapferen und angesehenen Krieger, verheiratet.

In einer Nacht, als die Sterne über dem griechischen Himmel glitzerten und der Mond sein silbernes Licht über das Land ausbreitete, trat Zeus in das Haus von Amphitryon ein und nahm die Gestalt seines Gatten an. Für eine Nacht war Zeus Amphitryon, und Alkmene glaubte, mit ihrem Ehemann vereint zu sein. In dieser Nacht empfing sie das Kind eines Gottes.

Doch das Schicksal war noch nicht vollständig entschieden. Hera, die eifersüchtige Gemahlin des Zeus und Königin der Götter, erkannte die List ihres Gatten und beschloss, die Geburt des unehelichen Kindes zu verhindern. In einem Akt der Rache verlängerte sie die Nacht um drei weitere Monde, um sicherzustellen, dass Herkules nicht vor seinem Halbbruder, dem Sohn des Amphitryon, geboren würde.

Als schließlich der Tag der Geburt Herkules' anbrach, war die Welt von einer Aura der Spannung erfüllt. Die Götter hielten den Atem an, während Alkmene die Schmerzen der Geburt durchlitt. Doch Herkules wurde geboren, ein Kind von außergewöhnlicher Stärke und Schönheit, der die Herzen der Götter und Menschen gleichermaßen eroberte.

Die Legenden besagen, dass bei seiner Geburt die Götter des Olymps jubelten und die Sterne am Himmel leuchteten, als würden sie den Aufstieg eines neuen Helden ankündigen. Die Prophezeiungen sprachen von einer Zukunft voller Ruhm und Herausforderungen für Herkules, einem Schicksal, das ihm unweigerlich bevorstand.

So endete die erste Episode im Leben des Herkules, einer Geschichte von göttlichen Intrigen, menschlicher Leidenschaft und dem Aufstieg eines Helden, dessen Name für immer in den Annalen der Geschichte verewigt sein sollte.

Die Kindheit des Herkules: Frühe Anzeichen seiner außergewöhnlichen Stärke

Die Kindheit des Herkules war von Anfang an geprägt von einer Aura des Ungewöhnlichen und Übernatürlichen. Schon in jungen Jahren zeigten sich deutliche Anzeichen seiner außergewöhnlichen Stärke und Macht, die ihn von seinen Altersgenossen abhoben und ihn als potenziellen Helden erkennen ließen.

In den ersten Jahren seines Lebens wurde Herkules von seiner Mutter Alkmene und seinem Stiefvater Amphitryon liebevoll umsorgt. Doch bald schon zeigten sich die ersten erstaunlichen Merkmale seiner göttlichen Abstammung. Schon als Kleinkind war Herkules bemerkenswert stark und kräftig. Er hob Gegenstände, die für andere Kinder unerreichbar schienen, und zeigte eine erstaunliche Ausdauer und Standfestigkeit.

Die Menschen in seinem Umfeld waren gleichermaßen fasziniert und beunruhigt von Herkules' ungewöhnlicher Stärke. Einmal gelang es ihm, einen riesigen Felsbrocken zu heben, der den Weg versperrte und für mehrere Männer unüberwindbar schien. Eine andere Legende erzählt von einem wilden Löwen, der das Dorf bedrohte, und Herkules, der noch ein Kind war, allein und ohne Furcht dem Tier gegenüberstand und es mit bloßen Händen bezwang.

Doch nicht nur körperliche Stärke zeichnete Herkules aus, auch sein Geist und seine Entschlossenheit waren außergewöhnlich. Er lernte schnell und beherrschte die Künste des Kampfes und der Strategie mit einer Leichtigkeit, die seine Lehrer verblüffte. Sein Verstand war scharf wie eine Klinge, und sein Mut kannte keine Grenzen.

Diese frühen Anzeichen außergewöhnlicher Stärke und Tapferkeit ließen die Menschen um ihn herum ahnen, dass Herkules zu Größerem bestimmt war. Die Legenden von seinem Wirken verbreiteten sich wie ein Lauffeuer und schufen eine Aura der Verehrung und Ehrfurcht um den jungen Helden herum.

So endete die Kindheit des Herkules, eine Zeit der Entdeckung und des Wachstums, die den Grundstein legte für seine künftigen Heldentaten und Abenteuer. Von nun an war es nur eine Frage der Zeit, bis Herkules seine Bestimmung als einer der größten Helden der Antike erfüllen würde.

Herkules' Lehrjahre:

Unter der Obhut des Zentauren Chiron

In den Bergen von Thessalien, fernab der Zivilisation und umgeben von wilder Natur, lebte der weise und gütige Zentaur Chiron. Halb Mensch, halb Pferd, war Chiron* ein Lehrmeister von unübertroffener Weisheit und Geschicklichkeit, der zahlreiche Helden der griechischen Mythologie unterwies. Unter seiner Obhut verbrachte Herkules einen entscheidenden Teil seiner Jugendjahre, die sein Wesen und seine Fähigkeiten prägten.

---

* = Cheiron (altgriechisch Χείρων Cheírōn, lateinisch Chiron, von χείρ cheír, deutsch ›Hand‹) ist in der griechischen Mythologie der Sohn des Kronos und der Philyra, Halbbruder des Zeus und einer der Kentauren.
→ https://de.wikipedia.org/wiki/Cheiron

Chiron erkannte sofort das außergewöhnliche Potenzial des jungen Herkules und nahm ihn unter seine Fittiche. Er lehrte ihn die Künste des Kampfes, der Jagd, der Heilkunst und der Philosophie. Unter Chirons Anleitung entwickelte sich Herkules zu einem wahren Meister seines Handwerks, dessen Fähigkeiten und Weisheit weit über das hinausgingen, was für einen Sterblichen üblich war.

Die Tage vergingen im Flug, während Herkules unter Chirons Obhut lernte und wuchs. Die beiden teilten viele Abenteuer und erlebten gemeinsam die Wunder der Natur. Chiron erzählte Herkules von den Legenden der Götter und Helden, von den Weisheiten der alten Völker und den Geheimnissen des Universums. Er lehrte ihn nicht nur die Kunst des Kämpfens, sondern auch die Bedeutung von Güte, Mitgefühl und Selbstlosigkeit.

Doch auch inmitten der Idylle der Berge und Wälder Thessaliens konnte Herkules nicht vor den Herausforderungen des Schicksals davonlaufen. Immer wieder wurde er mit Prüfungen konfrontiert, die seine Stärke und seinen Mut auf die Probe stellten. Doch dank Chirons Lehren und seiner eigenen Entschlossenheit überwand Herkules jede Herausforderung und wuchs mit jeder Erfahrung.

Die Zeit der Lehrjahre unter Chirons Obhut prägte Herkules auf eine Weise, die sein ganzes Leben lang nachwirken sollte. Die Weisheit und Güte seines Mentors wurden zu einem Leitstern in seiner eigenen Reise, und die Erinnerungen an die gemeinsamen Abenteuer blieben für immer in seinem Herzen.

So endete die Ära der Lehrjahre, eine Zeit des Lernens, Wachsens und Entdeckens, die Herkules auf seinem Weg zu Größe und Unsterblichkeit entscheidend beeinflusste. Mit den Lehren und Weisheiten seines Mentors im Herzen war er bereit, die Welt zu erobern und sein Schicksal als einer der größten Helden der Antike zu erfüllen.

Herkules' erste Taten:

Heldentaten und Abenteuer in

seinen Jugendjahren

Die Jugendjahre des Herkules waren geprägt von unzähligen Heldentaten und Abenteuern, die seinen Ruf als mutiger und mächtiger Held festigten.

Schon in jungen Jahren zeigte er eine unerschrockene Entschlossenheit und einen unstillbaren Drang nach Abenteuern, die ihn in die entlegensten Winkel der Welt führten.

Eine seiner ersten Taten ereignete sich in den Wäldern von Nemea, wo ein mächtiger und furchterregender Löwe sein Unwesen trieb und das Land in Angst und Schrecken versetzte. Herkules, kaum mehr als ein junger Mann, entschloss sich, dem Ungeheuer entgegenzutreten und seine Landsleute zu befreien.

Mit nichts als seiner bloßen Kraft und seinem Mut bewaffnet, begab sich Herkules in die dunklen Wälder, wo er auf den Löwen traf. Ein erbitterter Kampf entbrannte, der die Erde erzittern ließ und die Vögel des Himmels aufscheuchte. Doch Herkules war nicht zu besiegen. Mit einem kraftvollen Griff erstickte er den Löwen und brachte damit Frieden und Sicherheit in die Region.

Eine weitere seiner frühen Heldentaten ereignete sich an den Ufern des Lerna-See, wo eine monströse Hydra ihr Unwesen trieb. Dieses Ungeheuer, das aus neun Köpfen bestand, versetzte die Bevölkerung in Angst und Schrecken, bis Herkules entschlossen eingriff. Mit einem kühnen Angriff besiegte er die Hydra und stellte sich damit seiner ersten großen Prüfung als Held.

Doch auch abseits der großen Schlachten und Monsterbegegnungen zeigte Herkules seine außergewöhnlichen Fähigkeiten und Taten. Er half den Schwachen und Unterdrückten, kämpfte gegen Unrecht und Tyrannenherrschaft und trat für Gerechtigkeit und Freiheit ein. Seine Taten verbreiteten sich wie ein Lauffeuer und machten ihn zu einem Symbol der Hoffnung und Inspiration für die Menschen seiner Zeit.

So endete die Ära der Jugendjahre des Herkules, eine Zeit der Abenteuer und Heldentaten, die seinen Ruf als mutiger und mächtiger Held begründeten. Doch für Herkules war dies erst der Anfang seiner epischen Reise, die ihn durch die Wirren der Geschichte führen sollte und ihn zu einem der größten Helden der Antike machte.

Die Tragödie des Herkules:
Der Fluch der Hera

Die Tragödie des Herkules begann mit einem Akt göttlicher Rache und Eifersucht, der das Leben des jungen Helden für immer verändern sollte.

Hera, die eifersüchtige Gemahlin des Zeus, konnte nicht ertragen, dass ihr unehelicher Stiefsohn Herkules immer mehr Ruhm und Ansehen erlangte und beschloss, ihn zu Fall zu bringen.

Hera beschwor einen Fluch über Herkules, der ihn in den Wahnsinn trieb und ihn dazu brachte, seine eigene Familie zu töten. Unter dem Einfluss des Fluchs tötete Herkules seine Frau Megara und ihre Kinder in einem Anfall von blindem Zorn und Verzweiflung. Als er wieder zu sich kam und die schreckliche Tat erkannte, war sein Schmerz unermesslich.

Verzweifelt vor Schuldgefühlen und Trauer, wandte sich Herkules an das Orakel von Delphi, um Erlösung und Sühne zu suchen. Das Orakel prophezeite ihm, dass er zwölf unmögliche Aufgaben erfüllen müsse, um sich von seiner Schuld zu befreien und den Fluch der Hera zu brechen.

Die Tragödie des Herkules, ausgelöst durch den Fluch der Hera, war ein dunkles Kapitel in seinem Leben, das ihn an den Rand des Abgrunds führte. Doch selbst inmitten der Dunkelheit fand Herkules die Kraft und den Willen, sich seinem Schicksal zu stellen und für seine Taten zu büßen.

Diese Tragödie war ein Wendepunkt in Herkules' Leben, der ihn dazu zwang, seine dunklen Seiten zu erkennen und sich seinen inneren Dämonen zu stellen. Sie markierte den Beginn seiner epischen Reise, auf der er sich den zwölf Aufgaben stellen musste, um sein Leben wieder ins Lot zu bringen und seine Ehre wiederherzustellen.

So endete die Ära der Tragödie des Herkules, eine Zeit des Leids und der Verzweiflung, die den Helden an den Rand des Abgrunds brachte. Doch aus der Asche der Tragödie erhob sich Herkules wieder, gestärkt durch die Prüfungen, die ihm auferlegt wurden, und entschlossen, sein Schicksal in die Hand zu nehmen und für seine Taten zu büßen.

Herkules' Weg zur Erlösung:

Beratung des Orakels von Delphi

Nach der Tragödie, die das Leben des Herkules erschüttert hatte, suchte er verzweifelt nach einem Weg zur Erlösung und Sühne für seine Taten. In seiner Verzweiflung wandte er sich an das berühmte Orakel von Delphi, das als Sitz der Götter galt und Weisheit und Rat für die Suchenden bot.

Herkules begab sich auf die gefährliche Reise zum Tempel von Delphi, wo das Orakel seinen Sitz hatte. Auf dem Weg dorthin musste er zahlreiche Prüfungen bestehen und Hindernisse überwinden, die ihn fast von seinem Ziel abbrachten. Doch sein Entschluss war unerschütterlich, und er ließ sich nicht von seinem Weg abbringen.

Als Herkules schließlich den Tempel von Delphi erreichte, trat er ehrfürchtig vor das Orakel und bat um Führung und Rat. Das Orakel, das von der göttlichen Macht der Pythia verkörpert wurde, empfing ihn mit würdevoller Stille und gab ihm die Prophezeiung, die sein Schicksal für immer verändern sollte.

Das Orakel erklärte Herkules, dass er zwölf unmögliche Aufgaben erfüllen müsse, um sich von seiner Schuld zu befreien und den Fluch der Hera zu brechen. Diese Aufgaben würden ihn an die Grenzen seiner Kräfte und darüber hinaus führen und ihn mit den gefährlichsten Monstern und Herausforderungen konfrontieren, die die Welt je gesehen hatte.

Herkules, obwohl von der Schwere der Aufgaben überwältigt, akzeptierte die Prophezeiung des Orakels und entschloss sich, seinen Weg zur Erlösung anzutreten. Mit einem festen Entschluss und einem unerschütterlichen Willen machte er sich auf den Weg, um die zwölf Aufgaben zu erfüllen und seine Ehre wiederherzustellen.

Die Beratung des Orakels von Delphi markierte einen entscheidenden Wendepunkt im Leben des Herkules, der ihm den Weg zur Erlösung und Sühne für seine Taten aufzeigte. Von nun an war er fest entschlossen, sein Schicksal anzunehmen und die Herausforderungen, die ihm auferlegt wurden, mutig zu meistern.

So endete die Ära des Herkules' Wegs zur Erlösung, eine Zeit der Besinnung und Entscheidung, die den Helden auf den Weg zu seinen größten Prüfungen führte. Doch Herkules war bereit, seinem Schicksal entgegenzutreten, und nichts konnte ihn von seinem Weg abbringen.

Der Pfad der Selbstfindung:
Begegnungen mit Herausforderungen
und Versuchungen

Der Pfad der Selbstfindung führte Herkules durch eine Vielzahl von Herausforderungen und Versuchungen, die seinen Charakter auf die Probe stellten und ihn auf seinem Weg zur Erlösung formten.

Unterwegs traf er auf zahlreiche Hindernisse und Versuchungen, die ihn dazu verleiteten, von seinem rechten Weg abzuweichen.

Eine seiner größten Herausforderungen war die Begegnung mit der Verlockung und den Versuchungen des Fleisches. Im Laufe seiner Reisen traf Herkules auf zahlreiche Frauen von betörender Schönheit, die versuchten, seinen Willen zu brechen und seine Loyalität zu testen. Doch Herkules blieb standhaft und widerstand den Verführungen, die ihn von seinem Ziel ablenken wollten.

Eine weitere Versuchung war die Verlockung der Macht und des Ruhms. Im Laufe seiner Abenteuer erlangte Herkules unzählige Siege und errang unvorstellbare Erfolge, die ihm Ruhm und Anerkennung einbrachten. Doch die Gefahr lag darin, dass er sich von seinem Streben nach Macht und Ruhm verleiten ließ und dabei seine eigentlichen Ziele aus den Augen verlor. Doch Herkules erkannte rechtzeitig die Gefahr und blieb seinen wahren Werten treu.

Eine der größten Herausforderungen, denen Herkules gegenüberstand, war die Begegnung mit seinem eigenen Schatten, mit den dunklen Seiten seines eigenen Wesens. Im Laufe seiner Reise musste er sich mit seinen inneren Dämonen und Schwächen auseinandersetzen, die ihn dazu verleiteten, von seinem Weg abzuweichen und seinen Verpflichtungen zu entfliehen. Doch Herkules erkannte die Wahrheit und fand die Stärke, sich seinen Ängsten und Zweifeln zu stellen und sie zu überwinden.

Der Pfad der Selbstfindung war ein langer und schwieriger Weg, der Herkules durch die Tiefen seiner eigenen Seele führte. Doch am Ende stand die Erkenntnis und die Erfahrung, die ihn zu einem wahren Helden machten. Denn nur durch die Begegnung mit Herausforderungen und Versuchungen konnte Herkules seine wahre Größe erkennen und sein Schicksal in die Hand nehmen.

So endete die Ära des Pfads der Selbstfindung, eine Zeit der Prüfungen und Lektionen, die Herkules auf seinem Weg zur Erlösung und Selbstverwirklichung begleiteten. Doch dank seiner Standhaftigkeit und Entschlossenheit war er bereit, jede Herausforderung anzunehmen und jede Versuchung zu überwinden, die ihm im Weg stand.

Die Liebesgeschichten des Herkules: Beziehungen zu Frauen und Familie

Die Liebesgeschichten des Herkules waren geprägt von Leidenschaft, Tragik und menschlichen Emotionen, die das Leben des großen Helden auf unvorhersehbare Weise beeinflussten.

Obwohl sein Ruf als mächtiger Krieger und Held weithin bekannt war, war Herkules auch ein Mann mit einem unersättlichen Verlangen nach Liebe und Zuneigung, das ihn immer wieder in die Arme von Frauen und in die Wärme der Familie trieb.

Eine seiner bekanntesten Liebesgeschichten war die Beziehung zu Deianira*, einer schönen und tugendhaften Frau, die sein Herz eroberte und ihn dazu brachte, alles für sie zu opfern. Ihre Liebe war stark und leidenschaftlich, doch auch von Tragödie überschattet. Als Herkules von einer anderen Frau, der Nymphe Omphale**, verführt wurde, geriet ihre Beziehung in eine Krise, die sie fast zerstört hätte. Doch am Ende fanden sie wieder zueinander und ihre Liebe erwies sich als unerschütterlich.

---

* = Deïaneira (altgriechisch Δηιάνειρα Dēiáneira, deutsch ›den Männern feindlich‹) ist in der griechischen Mythologie eines der sieben Kinder des kalydonischen Königs Oineus und seiner Frau Althaia. Andere Quellen besagen, sie sei die Tochter von Althaia und Dionysos. Dieser schenkte daraufhin aus Dankbarkeit dem Oineus den ersten Weinstock. Ihre Geschwister sind Tydeus und Meleagros.

→ https://de.wikipedia.org/wiki/De%C3%AFaneira

** = Omphale (altgriechisch Ὀμφάλη Omphálē) ist eine Gestalt der griechischen Mythologie. Sie war die Tochter des Iardanos und als Witwe des Tmolos Königin von Mäonien (Lydien).

→ https://de.wikipedia.org/wiki/Omphale

Eine weitere wichtige Frau in Herkules' Leben war seine Mutter Alkmene, die ihn mit Liebe und Zuneigung umgab und ihm die Stärke und den Mut gab, den er brauchte, um sein Schicksal anzunehmen. Ihre Beziehung war von tiefer Verbundenheit und Respekt geprägt, die Herkules in den schwierigsten Momenten seines Lebens stärkten und ihm halfen, seinen Weg zu gehen.

Auch seine Kinder spielten eine wichtige Rolle in Herkules' Leben. Obwohl er von ihnen getrennt war und oft weit entfernt von ihnen kämpfte, waren sie doch immer in seinem Herzen und gaben ihm die Motivation, weiterzukämpfen und für sie zu kämpfen. Ihre Liebe und ihr Vertrauen gaben ihm die Kraft, seinen Herausforderungen zu begegnen und seine Aufgaben zu erfüllen.

Die Liebesgeschichten des Herkules waren ein wichtiger Teil seines Lebens und seiner Persönlichkeit, die sein Handeln und seine Entscheidungen maßgeblich beeinflussten. Trotz aller Tragik und Schwierigkeiten fand er in den Armen von Frauen und in der Wärme seiner Familie Trost und Geborgenheit, die ihm halfen, seinen Weg zu gehen und sein Schicksal zu erfüllen.

So endete die Ära der Liebesgeschichten des Herkules, eine Zeit der Leidenschaft, Tragik und menschlichen Emotionen, die das Leben des großen Helden auf unvorhersehbare Weise prägten. Doch trotz aller Herausforderungen fand Herkules immer wieder Liebe und Zuneigung, die ihn stark machten und ihm halfen, seinen Platz in der Welt zu finden.

Herkules als Krieger:
Heldentaten in Schlachten und Konflikten

Herkules, der unbesiegbarer Krieger und mächtiger Held, war in zahlreichen Schlachten und Konflikten verwickelt, wo er seine außergewöhnliche Stärke und Tapferkeit unter Beweis stellte.

Sein Ruf als furchtloser Kämpfer verbreitete sich wie ein Lauffeuer und machte ihn zu einer Legende in der Welt der Antike.

Eine seiner bekanntesten Schlachten fand in der Stadt Theben statt, wo Herkules gegen das Heer des Königs Eurystheus kämpfte, um seine Unschuld zu beweisen und seine Ehre wiederherzustellen. In einem erbitterten Kampf gegen zahllose Feinde zeigte Herkules seine unübertroffene Kampfkunst und seine übermenschliche Stärke, die ihn zum Sieg führten und seinen Ruf als großer Krieger festigten.

Auch in anderen Schlachten und Konflikten zeigte Herkules seine Heldentaten und seine Fähigkeit, sich gegen überwältigende Feinde zu behaupten. Ob gegen monströse Ungeheuer wie die Hydra oder den Nemeischen Löwen, oder gegen feindliche Armeen und Tyrannen, Herkules war stets bereit, für das Gute zu kämpfen und für seine Überzeugungen einzustehen.

Doch nicht nur auf dem Schlachtfeld zeigte Herkules seine Tapferkeit und Entschlossenheit, sondern auch in der Verteidigung der Schwachen und Unterdrückten. Er kämpfte gegen Unrecht und Tyrannenherrschaft, trat für Gerechtigkeit und Freiheit ein und stand denjenigen bei, die seine Hilfe benötigten. Seine Taten inspirierten viele und machten ihn zu einem Symbol der Hoffnung und des Widerstands gegen Unterdrückung und Ungerechtigkeit.

Die Schlachten und Konflikte, in denen Herkules verwickelt war, prägten sein Leben und seinen Ruf als großer Krieger und Held. Seine Tapferkeit und Entschlossenheit, seine außergewöhnliche Stärke und sein unerschütterlicher Glaube an das Gute machten ihn zu einer Legende, die die Jahrhunderte überdauerte und bis heute bewundert und verehrt wird.

So endete die Ära von Herkules als Krieger, eine Zeit der Heldentaten und Schlachten, die seinen Ruf als unbesiegbarer Held und mächtiger Krieger festigten. Doch für Herkules war dies erst der Anfang seiner epischen Reise, die ihn durch die Wirren der Geschichte führen sollte und ihn zu einem der größten Helden der Antike machte.

Herkules und die Olympischen Spiele: Wettkämpfe und Ruhm

Die Teilnahme an den Olympischen Spielen war für Herkules nicht nur eine Gelegenheit, seine außergewöhnlichen Fähigkeiten und seine körperliche Stärke unter Beweis zu stellen, sondern auch eine Möglichkeit, Ruhm und Anerkennung zu erlangen, die weit über die Grenzen Griechenlands hinausreichten.

Als einer der berühmtesten Helden seiner Zeit war Herkules eine natürliche Wahl für die Teilnahme an den Spielen, die als Höhepunkt der griechischen Sportkultur galten.

In den Wettkämpfen der Olympischen Spiele zeigte Herkules seine Vielseitigkeit und seine außergewöhnlichen Fähigkeiten in verschiedenen Disziplinen, darunter Laufen, Ringen, Diskuswerfen und Speerwerfen. Seine unübertroffene Kraft und Geschicklichkeit machten ihn zu einem gefürchteten Gegner und einem Favoriten der Massen, die seine beeindruckenden Leistungen mit Begeisterung verfolgten.

Besonders legendär war Herkules' Teilnahme am Wagenrennen, einem der gefährlichsten und aufregendsten Wettkämpfe der Olympischen Spiele. Mit seinem legendären Streitwagen und seinen kraftvollen Pferden lieferte er sich erbitterte Kämpfe mit seinen Rivalen, die ihn an die Grenzen seiner Fähigkeiten und seines Mutes brachten. Doch Herkules, der unbezwingbare Held, überwand alle Hindernisse und triumphierte am Ende als Sieger des Wagenrennens, was ihm ewigen Ruhm und Anerkennung einbrachte.

Doch nicht nur seine sportlichen Leistungen machten Herkules zu einem Helden der Olympischen Spiele, sondern auch sein nobles Verhalten und seine Fairness im Wettbewerb. Er respektierte seine Gegner und kämpfte stets mit Ehre und Anstand, was ihm den Respekt und die Bewunderung aller einbrachte, die ihn kannten.

Die Teilnahme an den Olympischen Spielen war für Herkules eine unvergessliche Erfahrung, die ihn nicht nur als Athlet, sondern auch als Mensch prägte. Die Wettkämpfe und der Ruhm, den er dort erlangte, waren eine Bestätigung seiner unermüdlichen Anstrengungen und ein Zeugnis seiner unübertroffenen Fähigkeiten als Held und Athlet.

So endete die Ära von Herkules und den Olympischen Spielen, eine Zeit der Wettkämpfe und des Ruhms, die seinen Namen in die Geschichtsbücher eingravierte und ihn zu einer Legende machte, die bis heute bewundert und verehrt wird.

Der Ruhm des Herkules:

Legenden und Verehrung

Der Ruhm des Herkules erstreckt sich weit über die Grenzen der antiken Welt hinaus und hat Generationen von Menschen inspiriert und fasziniert.

Seine Legenden und Taten sind in den Mythen und Geschichten vieler Kulturen verankert und haben ihn zu einer zeitlosen Symbolfigur von Stärke, Mut und Heldentum gemacht.

In den antiken Zeiten wurden Herkules' Heldentaten in zahlreichen Epochen und literarischen Werken verewigt, von den epischen Dichtungen Homers bis zu den Tragödien von Euripides. Seine unglaublichen Abenteuer, seine Kämpfe gegen monströse Ungeheuer und seine heroischen Taten auf dem Schlachtfeld haben ihn zu einem der bekanntesten Helden der antiken Mythologie gemacht.

Doch auch nach dem Ende der Antike hat der Ruhm des Herkules nicht nachgelassen, sondern sich im Laufe der Jahrhunderte sogar noch verstärkt. Seine Legenden wurden in der Kunst, der Literatur, der Musik und dem Theater immer wieder aufgegriffen und neu interpretiert, was seinen Einfluss und seine Bedeutung für die menschliche Kultur weiter festigte.

Besonders beeindruckend ist die Verehrung, die Herkules im Laufe der Geschichte genossen hat. In vielen antiken Kulturen wurde er als Gott oder Halbgott verehrt und in Tempeln und Schreinen angebetet. Seine Statue zierte die Plätze und Städte der antiken Welt, und seine Festivals und Rituale waren Anlässe der Feier und Huldigung.

Auch heute noch ist Herkules eine Symbolfigur, die weit über die Grenzen der antiken Welt hinausreicht und Menschen auf der ganzen Welt inspiriert und fasziniert. Seine Geschichten werden in Büchern, Filmen und Videospielen weitererzählt, und sein Name ist ein Synonym für Stärke, Mut und Tapferkeit.

Der Ruhm des Herkules ist unsterblich, seine Legenden werden für immer weiterleben und Generationen von Menschen dazu inspirieren, über sich hinauszuwachsen und ihre eigenen heroischen Taten zu vollbringen.

So endet die Ära des Ruhms des Herkules, eine Zeit der Legenden und Verehrung, die seinen Namen für immer in den Annalen der Geschichte verewigt hat und ihn zu einer zeitlosen Symbolfigur von Stärke und Heldentum gemacht hat.

Herkules als Wegbereiter:
Einfluss auf Kultur und Gesellschaft

Herkules war nicht nur eine legendäre Figur der antiken Mythologie, sondern auch ein Wegbereiter, dessen Einfluss auf
Kultur und Gesellschaft weitreichend und nachhaltig war.

Seine Geschichten und Legenden haben nicht nur die Kunst
und Literatur beeinflusst, sondern auch das Denken und Handeln vieler Menschen über Jahrhunderte hinweg geprägt.

Einfluss auf die Kunst: Herkules war eine beliebte Figur in
der antiken Kunst, die in zahlreichen Gemälden, Skulpturen
und Mosaiken verewigt wurde. Sein muskulöser Körper und
seine heroischen Taten dienten Künstlern als Inspirationsquelle
und wurden oft als Symbol für Stärke und Tapferkeit verwendet. Auch in der Renaissance und späteren Epochen blieb Herkules ein beliebtes Motiv in der Kunst, was seinen Einfluss auf
die künstlerische Entwicklung der westlichen Welt verdeutlicht.

Einfluss auf die Literatur: Die Geschichten des Herkules
wurden von antiken Dichtern wie Homer und Hesiod verewigt
und haben Generationen von Schriftstellern und Autoren inspiriert. Seine Abenteuer und Heldentaten wurden in zahlreichen epischen Gedichten, Dramen und Romanen verarbeitet
und haben die literarische Landschaft der antiken Welt maß-

geblich geprägt. Auch in der modernen Literatur finden sich immer wieder Anspielungen und Verweise auf Herkules und seine Legenden, was seinen Einfluss auf die literarische Tradition unterstreicht.

Einfluss auf die Philosophie: Herkules wurde nicht nur als Held und Krieger verehrt, sondern auch als Symbol für Tugend und moralische Stärke. Seine Prüfungen und Herausforderungen wurden oft als Allegorie für die menschliche Erfahrung interpretiert und dienten als Grundlage für philosophische Diskussionen über Ethik, Moral und Selbstfindung. Seine Lehren und Weisheiten haben das Denken vieler Philosophen und Denker beeinflusst und sind bis heute relevante Themen in der philosophischen Debatte.

Einfluss auf die Gesellschaft: Herkules war nicht nur eine mythologische Figur, sondern auch ein Symbol für nationale Identität und Stolz. In vielen antiken Kulturen wurde er als Schutzpatron und Beschützer verehrt, der das Volk vor Gefahren und Feinden bewahrte. Seine Festivals und Rituale waren Anlässe der Feier und Gemeinschaft, die das soziale Leben vieler Gemeinschaften prägten.

Der Einfluss des Herkules auf Kultur und Gesellschaft ist bis heute spürbar und zeigt sich in den zahlreichen kulturellen und künstlerischen Artefakten, die sein Erbe bewahren. Seine Geschichten und Legenden sind ein integraler Bestandteil des kulturellen Gedächtnisses der Menschheit und werden auch in Zukunft Generationen von Menschen inspirieren und faszinieren.

So endet die Ära von Herkules als Wegbereiter, eine Zeit des Einflusses und der Inspiration, die sein Erbe in den Annalen der Geschichte verewigt hat und ihn zu einer zeitlosen Figur von kultureller Bedeutung gemacht hat.

Herkules' letzte Reise:
Der Tod und das Vermächtnis

Die letzte Reise des Herkules markiert das Ende einer Ära, einer Zeit voller Abenteuer, Heldentaten und Prüfungen, die seinen Namen für immer in den Annalen der Geschichte verewigen sollten.

Doch auch der größte Held muss irgendwann Abschied nehmen von dieser Welt und seinen sterblichen Körper zurücklassen.

Herkules' Tod war nicht weniger heroisch als sein Leben. Nachdem er zahllose Gefahren überstanden und unzählige Prüfungen bestanden hatte, war es nun an der Zeit, dass er den letzten und größten seiner Feinde gegenübertrat: dem Tod selbst. Doch auch in diesem finalen Kampf zeigte Herkules seine unerschütterliche Entschlossenheit und Tapferkeit, indem er seinen Tod mit Würde und Anmut akzeptierte.

Doch obwohl sein Körper sterblich war, lebte sein Vermächtnis weiter. Die Geschichten und Legenden des Herkules wurden von Generation zu Generation weitergegeben und haben bis heute nichts von ihrer Faszination und Bedeutung verloren. Seine Taten und sein Wirken haben das Bewusstsein der

Menschheit geprägt und sind ein integraler Bestandteil des kulturellen Gedächtnisses der Menschheit.

Das Vermächtnis des Herkules erstreckt sich weit über sein Leben hinaus. Seine Lehren und Weisheiten sind bis heute relevante Themen in der philosophischen Debatte und seine Geschichten dienen als Inspiration für unzählige Menschen auf der ganzen Welt. Seine Statue ziert die Plätze und Städte der antiken Welt und sein Name ist ein Synonym für Stärke, Mut und Tapferkeit.

Doch Herkules' Vermächtnis ist nicht nur in der Vergangenheit verankert, sondern auch in der Gegenwart und Zukunft. Seine Taten und sein Wirken haben das Bewusstsein der Menschheit geprägt und sind ein integraler Bestandteil des kulturellen Gedächtnisses der Menschheit. Seine Lehren und Weisheiten sind bis heute relevante Themen in der philosophischen Debatte und seine Geschichten dienen als Inspiration für unzählige Menschen auf der ganzen Welt.

So endet die Ära von Herkules' letzter Reise, eine Zeit des Abschieds und der Erinnerung, die sein Vermächtnis für immer in den Herzen der Menschen bewahrt hat und ihn zu einer unvergesslichen Figur von zeitloser Bedeutung gemacht hat.

Die Nachwirkungen des Herkules: Erben und Nachfolger

Nach dem Tod von Herkules hinterließ er nicht nur ein umfangreiches Vermächtnis an Geschichten und Legenden, sondern auch eine erhebliche politische und kulturelle Lücke, die gefüllt werden musste. Die Frage nach seinen Erben und Nachfolgern beschäftigte die antike Welt lange nach seinem Ableben und führte zu verschiedenen Interpretationen und Entwicklungen.

Erben in der Mythologie

In der antiken Mythologie gab es verschiedene Figuren, die als direkte Nachfahren oder Erben von Herkules betrachtet wurden. Seine Kinder, wie zum Beispiel Hyllos und Hyllus, wurden oft als seine legitimen Erben angesehen und trugen dazu bei, sein Erbe in der Welt fortzusetzen. Darüber hinaus wurden auch andere Helden und Krieger, die von Herkules abstammten oder von ihm inspiriert wurden, als seine Erben betrachtet und verehrt.

Politische Erben

Neben seinen mythologischen Nachkommen hinterließ Herkules auch politische Erben, die sein Erbe in der realen Welt fortsetzten. Viele antike Städte und Gemeinschaften beanspruchten eine Verbindung zu Herkules und nutzten sein Erbe als Legitimation für ihre Herrschaft oder ihre politischen Ambitionen. Sein Name wurde oft für politische Zwecke instrumentalisiert und diente als Symbol für Macht und Autorität.

Kulturelle Nachfolger

Darüber hinaus hatte Herkules auch zahlreiche kulturelle Nachfolger, die sein Erbe in verschiedenen Bereichen der Kunst, Literatur und Philosophie fortsetzten. Seine Geschichten und Legenden inspirierten Generationen von Künstlern, Dichtern und Denkern und prägten das kulturelle Gedächtnis der Menschheit bis in die heutige Zeit. Sein Einfluss ist in vielen kulturellen Artefakten und Werken der Kunst und Literatur spürbar und zeigt sich in der fortwährenden Faszination für seine Person und seine Taten.

Die Nachwirkungen des Herkules sind bis heute spürbar und zeigen sich in den zahlreichen kulturellen und künstlerischen Artefakten, die sein Erbe bewahren. Seine Geschichten und Legenden sind ein integraler Bestandteil des kulturellen Gedächtnisses der Menschheit und werden auch in Zukunft Generationen von Menschen inspirieren und faszinieren.

So endet die Ära der Nachwirkungen des Herkules, eine Zeit der Erben und Nachfolger, die sein Erbe in den Annalen der Geschichte verewigt hat und ihn zu einer unvergesslichen Figur von zeitloser Bedeutung gemacht hat.

Herkules in der Literatur: Rezeption und Interpretationen durch die Jahrhunderte

Herkules' Präsenz in der Literatur ist so alt wie die Geschichten selbst und reicht bis in die antike Zeit zurück.

Seitdem hat er unzählige Autoren und Dichter inspiriert und seine Geschichten haben sich in verschiedenen Formen und Interpretationen durch die Jahrhunderte hindurch fortgesetzt.

Antike Literatur

Bereits in der Antike wurden die Geschichten des Herkules in verschiedenen literarischen Werken verewigt. Homer und Hesiod erwähnten ihn in ihren epischen Dichtungen, und Euripides widmete ihm eine Tragödie. Diese antiken Werke dienten als Grundlage für spätere Interpretationen und prägten das Bild von Herkules als heroischer Held und Krieger.

Mittelalterliche Literatur

Auch im Mittelalter blieb Herkules eine beliebte Figur in der Literatur, obwohl sein Bild sich im Laufe der Zeit veränderte. In der christlichen Tradition wurde er oft als Symbol für die menschliche Sünde und Erlösung interpretiert, während in der Welt der Ritter und Minnesänger seine Abenteuer oft als Allegorien für die menschliche Erfahrung dienten.

Renaissance und Barock

In der Renaissance und im Barock erlebte Herkules eine regelrechte Wiederbelebung in der Literatur. Die humanistischen Gelehrten und Dichter der Zeit sahen in ihm ein Symbol für menschliche Stärke und Tugend, während die barocken Dichter seine Abenteuer als Metaphern für die menschlichen Leidenschaften und Tragödien interpretierten.

Moderne Literatur

Auch in der modernen Literatur ist Herkules eine beliebte Figur, die immer wieder in verschiedenen Formen und Interpretationen auftaucht. Von Romanen über Dramen bis hin zu Comics und Filmen hat er unzählige Autoren und Künstler inspiriert und sein Bild ist bis heute lebendig und vielseitig.

Die Rezeption und Interpretationen des Herkules in der Literatur sind so vielfältig wie die Geschichten selbst und spiegeln die unterschiedlichen kulturellen und historischen Kontexte wider, in denen sie entstanden sind.

Doch egal in welcher Form und Interpretation Herkules erscheint, seine Geschichten bleiben zeitlos und faszinierend, und sein Bild wird auch in Zukunft die Fantasie und Vorstellungskraft von Generationen von Lesern und Autoren weiterhin beflügeln.

So endet das Kapitel ›Herkules in der Literatur‹, eine Reise durch die Jahrhunderte der Literaturgeschichte, die zeigt, wie seine Geschichten und Legenden die Phantasie und Kreativität von Autoren und Lesern auf der ganzen Welt weiterhin beflügeln.

Herkules in der Kunst:

Darstellungen und Symbole

Herkules ist eine der meist dargestellten Figuren in der Kunstgeschichte und hat unzählige Künstler und Bildhauer zu verschiedenen Interpretationen und Darstellungen inspiriert.

Seine Präsenz in der Kunst reicht von der antiken bis zur modernen Zeit und spiegelt die vielfältigen Seiten seiner Persönlichkeit und seiner Taten wider.

Antike Kunst

In der antiken Kunst wurde Herkules oft als muskulöser Krieger mit einer Keule oder einem Löwenfell dargestellt. Seine Statuen zierte die Plätze und Tempel der antiken Städte und dienten als Symbole für Stärke, Mut und Tapferkeit. Darüber hinaus wurden seine Abenteuer und Heldentaten in Wandgemälden und Mosaiken verewigt, die seine Legenden für die Nachwelt festhielten.

Renaissance

In der Renaissance erlebte Herkules eine regelrechte Wiederbelebung in der Kunst. Die humanistischen Gelehrten und Künstler der Zeit sahen in ihm ein Symbol für die menschliche Stärke und Tugend und ließen sich von seinen Abenteuern zu zahlreichen Gemälden und Skulpturen inspirieren. Besonders bekannt ist das Bildnis des Herkules von Antonio del Pollaiuolo (1431 - 1498), das seinen muskulösen Körper und seine heroische Pose eindrucksvoll darstellt.

Barock und Klassizismus

Auch im Barock und Klassizismus blieb Herkules ein beliebtes Motiv in der Kunst. Seine Abenteuer und Heldentaten wurden oft als Allegorien für die menschlichen Leidenschaften und Tragödien interpretiert und dienten als Inspiration für zahlreiche Gemälde und Skulpturen. Besonders beeindruckend ist das Werk ›Herkules und der Hydra‹ von Antonio Canova (1757 - 1822), das die Stärke und Entschlossenheit des Helden eindrucksvoll zum Ausdruck bringt.

Moderne Kunst

Auch in der modernen Kunst ist Herkules ein beliebtes Motiv, das immer wieder in verschiedenen Formen und Interpretationen auftaucht. Von abstrakten Gemälden über Skulpturen bis hin zu Installationen und Performance-Kunstwerken hat er unzählige Künstler und Bildhauer zu neuen Werken inspiriert, die sein Erbe in der zeitgenössischen Kunstszene weiterleben lassen.

Herkules' Präsenz in der Kunst ist ein Spiegel seiner zeitlosen Bedeutung und seiner vielfältigen Facetten als Held, Krieger und Symbolfigur. Seine Darstellungen und Symbole haben die Kunstgeschichte über Jahrhunderte hinweg geprägt und werden auch in Zukunft Künstler und Betrachter gleichermaßen faszinieren und inspirieren.

So endet das Kapitel ›Herkules in der Kunst‹, eine Reise durch die Geschichte der Kunstgeschichte, die zeigt, wie seine Darstellungen und Symbole die Phantasie und Kreativität von Künstlern und Betrachtern auf der ganzen Welt weiterhin beflügeln.

Herkules in der Populärkultur: Moderne Interpretationen und Anpassungen

Herkules hat seinen Platz nicht nur in der antiken Mythologie und Kunst, sondern auch in der modernen Populärkultur gefunden.

Von Filmen über Fernsehserien bis hin zu Comics und Videospielen hat er unzählige Male Einzug in die modernen Medien gehalten und wurde dabei oft neu interpretiert und angepasst.

Filme

Eine der bekanntesten modernen Interpretationen von Herkules findet sich in Filmen, die seine Geschichten auf die große Leinwand bringen. Von klassischen Hollywood-Produktionen wie ›Herkules und die Amazonen‹ bis hin zu zeitgenössischen Neuinterpretationen wie ›Hercules‹ mit Dwayne ›The Rock‹ Johnson in der Hauptrolle haben Filme das Potenzial, Herkules' Legenden einem breiten Publikum zugänglich zu machen und sie für neue Generationen von Zuschauern relevant zu halten.

Fernsehserien

Auch im Bereich der Fernsehserien hat Herkules seinen Platz gefunden. Serien wie ›Hercules: The Legendary Journeys‹ präsentierten den Helden in einem neuen Licht und mischten Elemente der antiken Mythologie mit modernen Action- und Abenteuergeschichten. Diese Serien trugen dazu bei, Herkules' Legenden einem jüngeren Publikum näherzubringen und seine Geschichten für neue Generationen von Zuschauern wiederzubeleben.

Comics und Graphic Novels

In der Welt der Comics und Graphic Novels hat Herkules ebenfalls eine bedeutende Rolle gespielt. Comicbuchserien wie ›The Incredible Hercules‹ und ›Wonder Woman‹ haben Herkules als zentrale Figur in epischen Abenteuern präsentiert, die die Grenzen der Mythologie und des Superheldengenres verschmelzen. Diese Comics bieten eine moderne Interpretation von Herkules' Geschichten und zeigen, wie sein Erbe in der zeitgenössischen Popkultur weiterlebt.

Videospiele

Auch in der Welt der Videospiele ist Herkules ein beliebtes Motiv. Spiele wie ›God of War‹ und ›Age of Mythology‹ ermöglichen es den Spielern, in die Rolle des legendären Helden zu schlüpfen und seine Abenteuer aus erster Hand zu erleben.

Diese Spiele bieten eine interaktive Möglichkeit, Herkules' Geschichten zu erkunden und seine Taten nachzuerleben, und tragen dazu bei, sein Erbe in der digitalen Welt lebendig zu halten.

Herkules' Präsenz in der Populärkultur ist ein Beweis für seine anhaltende Bedeutung und Relevanz in der modernen Welt. Durch Filme, Fernsehserien, Comics und Videospiele bleibt sein Erbe lebendig und inspiriert weiterhin Künstler und Zuschauer auf der ganzen Welt.

So endet das Kapitel ›Herkules in der Populärkultur‹, eine Erkundung seiner modernen Interpretationen und Anpassungen, die zeigt, wie seine Legenden auch in der heutigen Zeit relevant und faszinierend bleiben.

Herkules als archetypische Figur: Psychologische und philosophische Betrachtungen

Herkules ist mehr als nur eine mythologische Figur – er verkörpert archetypische Qualitäten und Symbole, die tief in der menschlichen Psyche verwurzelt sind. Psychologische und philosophische Betrachtungen seiner Figur offenbaren tiefe Einsichten in menschliche Motivationen, Konflikte und Entwicklungen.

Psychologische Interpretation

In der Psychologie wird Herkules oft als Symbol für die menschliche Suche nach Stärke, Tapferkeit und Selbstverwirklichung betrachtet. Seine zwölf Aufgaben stehen für die Herausforderungen und Prüfungen, denen sich jeder Mensch im Laufe seines Lebens stellen muss, um persönliches Wachstum und Entwicklung zu erreichen. Herkules' Reise kann als eine allegorische Darstellung des individuellen und kollektiven Unbewussten betrachtet werden, in der er sich seinen eigenen Schattenkonflikten stellt und zu innerer Integration gelangt.

Philosophische Bedeutung

Auf philosophischer Ebene symbolisiert Herkules die menschliche Sehnsucht nach Größe und Unsterblichkeit. Seine Taten und Heldentaten spiegeln die philosophische Idee wider, dass der Mensch durch Anstrengung und Tugendhaftigkeit seine Bestimmung verwirklichen kann. Herkules verkörpert den idealen Helden, der trotz aller Widrigkeiten und Herausforderungen standhaft bleibt und letztendlich triumphieren kann – eine Inspiration für philosophische Betrachtungen über menschliche Existenz und Bestimmung.

Mythologische Archetypen

Herkules ist auch ein Beispiel für mythologische Archetypen, die in vielen Kulturen und Zeiten wiederkehren. Als der heroische Kämpfer, der die Welt von Monstern und Ungeheuern befreit, verkörpert er den Archetypus des Kriegers oder Helden, der für das Gute kämpft und das Böse besiegt. Seine Geschichten und Legenden sind Ausdruck universeller menschlicher Themen und Erfahrungen, die in verschiedenen Kulturen und Gesellschaften auf ähnliche Weise interpretiert und verstanden werden.

Herkules als archetypische Figur bietet reichhaltige Einsichten in die menschliche Psyche und philosophische Fragen nach Sinn und Bestimmung. Seine Geschichten und Legenden haben die Menschen seit Jahrtausenden fasziniert und inspiriert und werden auch in Zukunft eine Quelle der Weisheit und Erkenntnis sein.

So endet das Kapitel ›Herkules als archetypische Figur‹, eine Betrachtung seiner psychologischen und philosophischen Bedeutung, die zeigt, wie seine Figur tiefgreifende Einsichten in die menschliche Natur und das Streben nach Wachstum und Selbstverwirklichung bietet.

Die Lehren des Herkules: Weisheiten und moralische Botschaften

Die Geschichten des Herkules sind nicht nur epische Abenteuer, sondern auch Quellen tiefgreifender Weisheiten und moralischer Botschaften, die auch in der heutigen Zeit relevant bleiben. Durch seine Taten und Prüfungen vermittelt Herkules zeitlose Lektionen über Tugend, Tapferkeit und menschliche Stärke.

Tugendhaftes Handeln: Eine der zentralen Lehren des Herkules ist die Bedeutung von tugendhaftem Handeln und moralischer Integrität. In seinen Abenteuern zeigt er immer wieder, dass es wichtiger ist, das Richtige zu tun, als nach persönlichem Gewinn zu streben. Seine Opferbereitschaft und selbstlose Taten dienen als Vorbild für ethisches Verhalten und geben uns Anregungen, wie wir auch in schwierigen Situationen standhaft bleiben können.

Überwindung von Hindernissen: Herkules' zwölf Aufgaben stehen für die Hindernisse und Prüfungen, denen sich jeder Mensch im Laufe seines Lebens gegenübersieht. Seine Fähigkeit, diese Herausforderungen zu meistern und sogar übernatürliche Hindernisse zu überwinden, ermutigt uns, unseren eigenen Schwierigkeiten mit Entschlossenheit und Durchhaltevermögen zu begegnen. Seine Geschichten lehren uns, dass kein Hindernis unüberwindbar ist, solange wir den Mut und die Entschlossenheit haben, es zu überwinden.

Selbstreflexion und Wachstum: Ein weiteres wichtiges Thema, das Herkules' Geschichten vermitteln, ist die Bedeutung von Selbstreflexion und persönlichem Wachstum. Durch seine Fehler und Fehltritte lernt Herkules, seine Schwächen zu erkennen und an ihnen zu arbeiten, um ein besserer Mensch zu werden. Seine Reise ist eine Erinnerung daran, dass wahre Stärke nicht nur physisch, sondern auch moralisch und geistig ist, und dass echtes Wachstum nur durch Selbstreflexion und Lernen erreicht werden kann.

Respekt vor der Natur und anderen Lebewesen: Herkules' Respekt vor der Natur und anderen Lebewesen ist eine weitere wichtige Lehre, die aus seinen Geschichten hervorgeht. Sein Umgang mit Tieren und seine Achtung vor der Umwelt zeigen, dass echte Stärke nicht darin besteht, andere Lebewesen zu unterdrücken oder auszunutzen, sondern darin, mit Respekt und Mitgefühl zu handeln. Seine Geschichten erinnern uns daran, dass wir alle Teil eines größeren ökologischen und sozialen Gefüges sind und dass es unsere Verantwortung ist, mit Achtsamkeit und Fürsorge zu handeln.

Die Lehren des Herkules sind zeitlos und universell und bieten uns wertvolle Einsichten in menschliche Tugenden und moralische Grundsätze. Durch seine Geschichten werden wir daran erinnert, dass wahre Stärke nicht nur in physischer Kraft, sondern auch in moralischer Integrität und geistigem Wachstum liegt, und dass wir alle die Fähigkeit haben, Heldentum im Alltag zu zeigen.

So endet das Kapitel ›Die Lehren des Herkules‹, eine Betrachtung seiner zeitlosen Weisheiten und moralischen Botschaften, die uns lehren, wie wir ein erfülltes und tugendhaftes Leben führen können.

Herkules' Vermächtnis: Ein Blick auf seine Bedeutung und Relevanz heute

Herkules hat im Laufe der Jahrhunderte ein beeindruckendes Vermächtnis hinterlassen, das weit über die Grenzen der antiken Mythologie hinausreicht. Seine Geschichten und Legenden haben nicht nur die Kunst, Literatur und Philosophie der Vergangenheit beeinflusst, sondern auch in der modernen Welt eine bedeutende Rolle gespielt.

Symbol für Stärke und Tapferkeit

Herkules ist zu einem Symbol für Stärke, Tapferkeit und Überwindung von Hindernissen geworden. Seine Geschichten inspirieren Menschen auf der ganzen Welt, sich ihren eigenen Herausforderungen und Prüfungen zu stellen und nach persönlichem Wachstum und Entwicklung zu streben. Sein Name wird oft verwendet, um jemanden zu beschreiben, der außergewöhnlich stark oder mutig ist, und seine Legenden dienen als Quelle der Motivation und Inspiration für viele.

Lehren für die moderne Welt

Die Lehren und Weisheiten, die aus Herkules' Geschichten hervorgehen, sind auch heute noch relevant und bedeutsam. Seine Taten und Prüfungen erinnern uns daran, dass wahre Stärke nicht nur in physischer Kraft, sondern auch in moralischer Integrität, Selbstreflexion und Mitgefühl liegt. Seine Geschichten lehren uns wichtige Lektionen über Tugendhaftigkeit, Opferbereitschaft und die Fähigkeit des Menschen, über sich selbst hinauszuwachsen.

Einfluss auf Kunst und Kultur

Herkules' Legenden haben auch in der Kunst, Literatur und Populärkultur einen bedeutenden Einfluss gehabt. Seine Geschichten wurden in zahlreichen Gemälden, Skulpturen, Filmen, Büchern und anderen künstlerischen Werken dargestellt und haben Künstler und Schriftsteller auf der ganzen Welt inspiriert. Sein Erbe lebt in verschiedenen kulturellen Ausdrucksformen weiter und bleibt eine unerschöpfliche Quelle der Kreativität und Inspiration.

Eine Ikone der Menschheit

In vielerlei Hinsicht ist Herkules zu einer Ikone der Menschheit geworden – ein Symbol für die menschliche Sehnsucht nach Größe, Heldentum und Unsterblichkeit. Seine Geschichten erinnern uns daran, dass wir alle die Fähigkeit haben, über uns selbst hinauszuwachsen und die Welt zu verändern, und dass wahre Stärke nicht in äußeren Umständen, sondern in innerer Stärke und Charakter liegt.

Herkules' Vermächtnis ist ein lebendiger Ausdruck der menschlichen Suche nach Bedeutung und Sinn, und seine Geschichten werden auch weiterhin Menschen auf der ganzen Welt inspirieren und beeinflussen. Durch seine zeitlosen Lehren und seine universelle Bedeutung bleibt Herkules eine der faszinierendsten und einflussreichsten Figuren der menschlichen Geschichte.

Hier endet der erste Teil des Buches mit dem Kapitel ›Herkules' Vermächtnis‹ und die Betrachtung seiner Bedeutung und Relevanz in der modernen Welt, die zeigt, wie seine Legenden weiterhin die menschliche Vorstellungskraft und Inspiration bereichern.

DIE ERFINDUNG DES HERKULES

TEIL II

DIE ZWOELF UNMOEGLICHEN AUFGABEN

Der Nemeische Löwe

Die Geschichte des Nemeischen Löwen ist eine der bekanntesten Prüfungen, die Herkules auf seinem heroischen Pfad bestehen musste. Dieses erste Kapitel seiner zwölf Aufgaben führt uns in die wilden und gefährlichen Wälder von Nemea, wo das monströse Ungeheuer sein Unwesen trieb.

Der Nemeische Löwe war kein gewöhnliches Tier – sein Fell war unverwundbar, und seine Krallen und Zähne waren scharf wie Schwerter. Kein Mensch oder Tier konnte ihm widerstehen, und seine Anwesenheit verbreitete Angst und Schrecken unter den Bewohnern von Nemea.

Als Herkules von Eurystheus den Auftrag erhielt, den Nemeischen Löwen zu besiegen, machte er sich ohne zu zögern auf den Weg. Doch anstatt sich mit Waffen zu rüsten, beschloss Herkules, seine Stärke und List zu nutzen, um das Ungeheuer zu überwältigen.

In den dichten Wäldern von Nemea kam es schließlich zum Kampf zwischen Herkules und dem Löwen. Mit bloßen Händen und unerschütterlichem Mut stürzte sich Herkules auf das Ungeheuer, während der Löwe brüllte und seine scharfen Klauen schwang.

Doch Herkules war klug – anstatt direkt gegen den Löwen anzutreten, lockte er ihn in eine enge Schlucht, wo er ihm den Weg versperrte. In einem dramatischen Kampf gelang es Herkules schließlich, den Löwen zu überwältigen und ihn mit seinen bloßen Händen zu erdrosseln.

Der Sieg über den Nemeischen Löwen war nicht nur ein triumphaler Moment für Herkules, sondern auch der Beginn seiner legendären Reise. Diese erste Prüfung stellte seine unerschütterliche Stärke, Entschlossenheit und List unter Beweis und markierte den Anfang seiner epischen Heldentaten.

So endet das Kapitel ›Der Nemeische Löwe‹, eine Erzählung von Herkules' erster Prüfung und seinem siegreichen Kampf gegen das monströse Ungeheuer, der den Auftakt zu seinen zwölf legendären Aufgaben bildete.

Die Lernäische Hydra

Die Lernäische Hydra gilt als eine der legendärsten Prüfungen, denen sich Herkules auf seiner heroischen Reise stellen musste. In den sumpfigen Ebenen von Lerna lauerte dieses furchterregende Ungeheuer – eine riesige, schlangenähnliche Kreatur mit mehreren Köpfen, von denen jedes, sobald es abgeschlagen wurde, durch zwei neue ersetzt wurde.

Die Hydra war eine gefürchtete Bedrohung für die Bewohner der umliegenden Region, die sie mit ihrem tödlichen Atem und ihren giftigen Klauen terrorisierte. Als Herkules den Auftrag erhielt, die Hydra zu besiegen, wusste er, dass er es mit einem Gegner von beispielloser Gefährlichkeit zu tun hatte.

Bewaffnet mit seinem Mut und seiner Entschlossenheit machte sich Herkules auf den Weg nach Lerna. Als er die Hydra erreichte, wurde er sofort von ihrem unheimlichen Anblick und ihrer tödlichen Bedrohung konfrontiert. Doch Herkules zögerte nicht – er griff die Hydra mutig an, fest entschlossen, sie zu besiegen und die Welt von ihrer Schreckensherrschaft zu befreien.

Doch Herkules erkannte schnell, dass die Hydra ein Gegner war, der nicht so leicht zu überwinden war. Immer wenn er einen ihrer Köpfe abschlug, wuchsen an ihrer Stelle zwei neue nach, und bald war er von einem Wald aus schlangenähnlichen Köpfen umgeben.

In einem verzweifelten Kampf gegen die Hydra griff Herkules zu einer List. Er rief seinen Neffen Iolaos zu Hilfe, der Fackeln brachte und die abgeschnittenen Köpfe der Hydra sofort verbrannte, bevor sie die Chance hatten, nachzuwachsen. Mit dieser klugen Taktik gelang es Herkules schließlich, die Hydra zu bezwingen und ihre Bedrohung ein für alle Mal zu beenden.

Der Sieg über die Lernäische Hydra war ein weiterer triumphaler Moment für Herkules, der seine Entschlossenheit, seinen Einfallsreichtum und seine unerschütterliche Stärke unter Beweis stellte. Diese zweite Prüfung war jedoch nur ein weiterer Schritt auf seinem epischen Pfad, der ihn weiteren gefährlichen Herausforderungen und Heldentaten gegenüberstellen würde.

So endet das Kapitel ›Die Lernäische Hydra‹, eine Erzählung von Herkules' mutigem Kampf gegen das furchterregende Ungeheuer, der seine Entschlossenheit und seine taktischen Fähigkeiten auf die Probe stellte und ihn einen weiteren Sieg auf seinem heroischen Pfad erringen ließ.

Das Goldene Vlies

Das Goldene Vlies ist eine Legende von unermesslichem Reichtum und sagenhafter Macht, die Herkules auf seiner epischen Reise über die Grenzen der bekannten Welt führte.

Die Geschichte des Goldenen Vlieses ist eng mit dem Königreich Kolchis und dem König Aietes verbunden, der das Vlies in seinem Besitz hielt und es streng bewachte.

Das Goldene Vlies war kein gewöhnlicher Schatz – es wurde gesagt, dass es von einem goldenen Widder stammte, der von den Göttern geschickt wurde, um das Königreich Kolchis zu retten. Das Vlies hatte magische Kräfte und wurde als Symbol für Macht, Reichtum und Unsterblichkeit verehrt.

Als Herkules von König Eurystheus den Auftrag erhielt, das Goldene Vlies zu erlangen, machte er sich auf den Weg nach Kolchis, begleitet von einem mutigen Gefolge von Helden, darunter Jason und die Argonauten. Ihre Reise führte sie über gefährliche Gewässer und durch feindliche Länder, während sie sich dem legendären Vlies immer weiter näherten.

In Kolchis angekommen, stand Herkules vor der Herausforderung, das Goldene Vlies aus den Händen des mächtigen Königs Aietes zu stehlen. Doch Aietes war entschlossen, seinen Schatz zu verteidigen, und stellte Herkules eine Reihe von gefährlichen Prüfungen, darunter das Pflügen eines Feldes mit feuerspeienden Stieren und das Aussäen eines Feldes mit Drachenzähnen, aus denen bewaffnete Krieger wuchsen.

Doch Herkules und seine Gefährten bewiesen ihre Tapferkeit und Geschicklichkeit und überwanden jede Herausforderung, die ihnen gestellt wurde. Mit List und Entschlossenheit gelang es ihnen schließlich, das Goldene Vlies zu erlangen und es nach Griechenland zurückzubringen, wo es zu einem Symbol für Heldentum und Abenteuer wurde.

Das Goldene Vlies war nicht nur ein physischer Schatz, sondern auch ein Symbol für die unerschütterliche Entschlossenheit und den Mut, den es erfordert, sich den größten Herausforderungen des Lebens zu stellen. Herkules' erfolgreiche Suche nach dem Goldenen Vlies war ein weiterer Beweis für seine unermüdliche Entschlossenheit und seinen unerschütterlichen Willen, seine Aufgaben zu erfüllen und seine Bestimmung zu erfüllen.

So endet das Kapitel ›Das Goldene Vlies‹, eine Erzählung von Herkules' mutiger Suche nach dem sagenhaften Schatz, der seine Entschlossenheit und Tapferkeit auf die Probe stellte und ihn und seine Gefährten zu den Grenzen der bekannten Welt führte.

Der Erymanthische Eber

Der Erymanthische Eber war eine weitere gefährliche Prüfung auf Herkules' heroischem Pfad, die ihn in die wilden und unzugänglichen Berge des Peloponnes führte.

Dieses wilde Tier, das als Erymanthischer Eber bekannt war, verbreitete Angst und Schrecken unter den Bewohnern der umliegenden Dörfer und wurde als unbesiegbar angesehen.

Als Herkules den Auftrag erhielt, den Erymanthischen Eber zu fangen, machte er sich entschlossen auf den Weg in die Berge. Dort angekommen, wurde er sofort mit der wilden und unberechenbaren Natur des Ebers konfrontiert, der mit seinem gewaltigen Körper und seinen scharfen Hauern eine bedrohliche Erscheinung darstellte.

Um den Erymanthischen Eber zu überwältigen, musste Herkules all seine Fähigkeiten als Jäger und Krieger einsetzen. Er verfolgte das wilde Tier durch dichte Wälder und über steile Felsen, während er sich gleichzeitig vor seinen Angriffen schützen musste.

Schließlich gelang es Herkules, den Erymanthischen Eber einzufangen und zu bändigen, indem er seine enorme Stärke und Geschicklichkeit einsetzte. Mit einem kraftvollen Wurf gelang es ihm, das wilde Tier zu überwältigen und gefangen zu nehmen, ohne sich selbst ernsthaft zu verletzen.

Der Sieg über den Erymanthischen Eber war ein weiterer triumphaler Moment für Herkules, der seine unerschütterliche Entschlossenheit und seinen Mut unter Beweis stellte. Diese Prüfung war jedoch nur ein weiterer Schritt auf seinem heroischen Pfad, der ihn weiteren gefährlichen Herausforderungen und Heldentaten gegenüberstellen würde.

So endet das Kapitel ›Der Erymanthische Eber‹, eine Erzählung von Herkules' mutigem Kampf gegen das wilde Tier, der seine Entschlossenheit und seine Stärke auf die Probe stellte und ihn einen weiteren Sieg auf seinem heroischen Pfad erringen ließ.

Die Reinigung der Ställe des Augias

Die Reinigung der Ställe des Augias ist eine der legendärsten Aufgaben, die Herkules während seiner heroischen Reise zu bewältigen hatte. Augias, König von Elis, besaß die größten und dreckigsten Ställe in ganz Griechenland, die seit Jahrzehnten nicht mehr gereinigt worden waren.

Die gewaltigen Mengen an Tierexkrementen hatten sich zu einem unüberwindlichen Berg von Schmutz und Unrat aufgetürmt, der die Luft mit einem unerträglichen Gestank erfüllte.

Als Herkules den Auftrag erhielt, die Ställe des Augias zu reinigen, stand er vor einer schier unmöglichen Aufgabe. Doch Herkules ließ sich nicht von der scheinbaren Aussichtslosigkeit der Situation abschrecken. Mit seiner unerschütterlichen Entschlossenheit und seiner unbezwingbaren Stärke machte er sich daran, die Ställe zu säubern.

Anstatt sich jedoch die Hände schmutzig zu machen, griff Herkules zu einer ungewöhnlichen Taktik. Er leitete die Flüsse Alpheios und Peneios um und ließ sie durch die Ställe fließen, wodurch der Schmutz und Unrat weggespült wurde. In nur einem Tag gelang es Herkules, die Ställe des Augias zu reinigen, eine Leistung, die als unmöglich gegolten hatte.

Der Triumph über die Reinigung der Ställe des Augias war nicht nur ein weiterer Beweis für Herkules' unerschütterliche Entschlossenheit und unermüdlichen Einsatz, sondern auch ein Beispiel für seine kreative Denkweise und seinen innovativen Geist. Anstatt sich von der scheinbaren Unmöglichkeit der Aufgabe entmutigen zu lassen, suchte Herkules nach einer Lösung, die es ihm ermöglichte, das Unmögliche zu erreichen.

Die Reinigung der Ställe des Augias war ein weiterer Meilenstein auf Herkules' heroischem Pfad, der seine unermüdliche Entschlossenheit und seine Fähigkeit zur Überwindung scheinbar unüberwindbarer Hindernisse unter Beweis stellte. Diese Prüfung zeigte, dass mit Mut, Entschlossenheit und kreativem Denken selbst die größten Herausforderungen gemeistert werden können.

So endet das Kapitel ›Die Reinigung der Ställe des Augias‹, eine Erzählung von Herkules' mutigem und innovativem Einsatz, der ihn einen weiteren Triumph auf seinem heroischen Pfad erringen ließ.

Die Vertreibung
der Stymphalischen Vögel

Die Vertreibung der Stymphalischen Vögel war eine der herausforderndsten und gefährlichsten Prüfungen auf Herkules' heroischem Pfad.

Diese geflügelten Ungeheuer waren in den dichten Wäldern nahe des Sees Stymphalos in Arkadien beheimatet und terrorisierten die umliegenden Regionen mit ihrem schrecklichen Geschrei und ihren tödlichen Pfeilfedern.

Als Herkules den Auftrag erhielt, die Stymphalischen Vögel zu vertreiben, machte er sich entschlossen auf den Weg in die Wälder von Arkadien. Dort angekommen, wurde er sofort mit der schrecklichen Realität der Vögel konfrontiert, die hoch oben in den Bäumen lauerten und mit ihren scharfen Schnäbeln und tödlichen Federn jeden angreifen konnten, der sich zu nahe wagte.

Um die Vögel zu vertreiben, griff Herkules zu einer ungewöhnlichen Taktik. Er fertigte sich eine laute Rassel aus Bronze an und schlug damit einen ohrenbetäubenden Lärm, der die Vögel erschreckte und aus ihren Verstecken trieb. Sobald die Vögel in die Luft stiegen, griff Herkules zu seinem Bogen und seinen Pfeilen und schoss unaufhörlich auf sie, bis sie allesamt vertrieben waren.

Die Vertreibung der Stymphalischen Vögel war ein weiterer triumphaler Moment auf Herkules' heroischem Pfad, der seine Entschlossenheit und seinen Mut unter Beweis stellte. Diese Prüfung war jedoch nur ein weiterer Schritt auf seinem Weg zu Ruhm und Unsterblichkeit, der ihn weiteren gefährlichen Herausforderungen und Abenteuern gegenüberstellen würde.

So endet das Kapitel ›Die Vertreibung der Stymphalischen Vögel‹, eine Erzählung von Herkules' mutigem Kampf gegen die geflügelten Ungeheuer, der seine Entschlossenheit und seinen heroischen Geist auf die Probe stellte und ihn einen weiteren Sieg auf seinem unvergesslichen Pfad erringen ließ.

Der Kretische Stier

Der Kretische Stier war eine weitere gefährliche Prüfung auf Herkules' heroischem Pfad, die ihn auf die Insel Kreta führte, eine Region, die für ihre mythischen Kreaturen und Herausforderungen bekannt war.

Der Stier, der von Poseidon gesandt worden war, um die Bewohner Kretas zu terrorisieren, war eine mächtige und wilde Bestie, die mit ihrer ungeheuren Stärke und Aggressivität Angst und Schrecken verbreitete.

Als Herkules den Auftrag erhielt, den Kretischen Stier zu bezwingen, machte er sich entschlossen auf den Weg nach Kreta. Dort angekommen, stellte er sich mutig der wilden Bestie entgegen, die mit ihren scharfen Hörnern und ihrem brüllenden Gebrüll eine bedrohliche Erscheinung darstellte.

Um den Kretischen Stier zu bezwingen, griff Herkules zu einer geschickten Taktik. Er lockte den Stier mit List und Tücke in eine enge Schlucht, wo er ihn schließlich überwältigen und gefangen nehmen konnte. Mit seinen kräftigen Armen und seiner unerschütterlichen Entschlossenheit gelang es Herkules, den wilden Stier zu bändigen und seine Herrschaft über Kreta zu beenden.

Der Sieg über den Kretischen Stier war ein weiterer triumphaler Moment auf Herkules' heroischem Pfad, der seine unerschütterliche Entschlossenheit und unermüdlichen Einsatz unter Beweis stellte. Diese Prüfung war jedoch nur ein weiterer Schritt auf seinem Weg zu Ruhm und Unsterblichkeit, der ihn weiteren gefährlichen Herausforderungen und Abenteuern gegenüberstellen würde.

So endet das Kapitel ›Der Kretische Stier‹, eine Erzählung von Herkules' mutigem Kampf gegen die wilde Bestie, der seine Entschlossenheit und seinen heroischen Geist auf die Probe stellte und ihn einen weiteren Sieg auf seinem unvergesslichen Pfad erringen ließ.

Der Gürtel der Hippolyte

Der Gürtel der Hippolyte war ein kostbares Relikt, das von der Amazonenkönigin Hippolyte getragen wurde. Diese legendäre Kriegerin und Herrscherin der Amazonen hatte einen Gürtel erhalten, der ihr große Stärke und Macht verlieh.

Als Herkules den Auftrag erhielt, den Gürtel der Hippolyte zu erlangen, machte er sich auf den Weg zu den Amazonen, um diese herausfordernde Prüfung zu bestehen.

Die Amazonen waren ein Volk von tapferen Kriegerinnen, die keine Männer in ihrer Gesellschaft duldeten und für ihre Unabhängigkeit und Kampffertigkeiten bekannt waren. Herkules musste all seine Stärke, Klugheit und List einsetzen, um das Vertrauen der Amazonen zu gewinnen und den Gürtel der Hippolyte zu erlangen.

Nach zahlreichen Prüfungen und Kämpfen gelang es Herkules schließlich, den Gürtel der Hippolyte zu erobern. Seine Entschlossenheit und sein Mut beeindruckten die Amazonen, und sie übergaben ihm den kostbaren Gürtel als Zeichen ihres Respekts und ihrer Anerkennung.

Der Sieg über den Gürtel der Hippolyte war ein weiterer triumphaler Moment auf Herkules' heroischem Pfad, der seine Entschlossenheit und seinen heroischen Geist unter Beweis stellte. Diese Prüfung war jedoch nur ein weiterer Schritt auf seinem Weg zu Ruhm und Unsterblichkeit, der ihn weiteren gefährlichen Herausforderungen und Abenteuern gegenüberstellen würde.

So endet das Kapitel ›Der Gürtel der Hippolyte‹, eine Erzählung von Herkules' mutigem Kampf gegen die Amazonen, der seine Entschlossenheit und seinen heroischen Geist auf die Probe stellte und ihn einen weiteren Sieg auf seinem unvergesslichen Pfad erringen ließ.

Die Pferde des Diomedes

Die Pferde des Diomedes waren keine gewöhnlichen Pferde, sondern wilde und blutrünstige Geschöpfe, die vom König Diomedes von Thrakien gezüchtet wurden.

Diese furchteinflößenden Tiere wurden mit Menschenfleisch gefüttert und waren dadurch zu wilden Bestien geworden, die jeden, der sich ihnen näherte, erbarmungslos angriffen.

Als Herkules den Auftrag erhielt, die Pferde des Diomedes zu bezwingen, machte er sich entschlossen auf den Weg nach Thrakien. Dort angekommen, stand er vor einer schier unüberwindbaren Herausforderung: Die wilden Pferde galoppierten frei herum und verbreiteten Angst und Schrecken in der Region.

Um die Pferde des Diomedes zu bezwingen, griff Herkules zu einer gewagten Taktik. Er überwältigte die Wachen des Diomedes und zwang sie, ihm die wilden Pferde zu bringen. Dann stellte er sich mutig den blutrünstigen Tieren entgegen und gelang es, sie zu bändigen und zu zähmen.

Der Sieg über die Pferde des Diomedes war ein weiterer triumphaler Moment auf Herkules' heroischem Pfad, der seine unerschütterliche Entschlossenheit und seine unermüdliche Entschlossenheit unter Beweis stellte. Diese Prüfung war jedoch nur ein weiterer Schritt auf seinem Weg zu Ruhm und Unsterblichkeit, der ihn weiteren gefährlichen Herausforderungen und Abenteuern gegenüberstellen würde.

So endet das Kapitel ›Die Pferde des Diomedes‹, eine Erzählung von Herkules' mutigem Kampf gegen die wilden Bestien, der seine Entschlossenheit und seinen heroischen Geist auf die Probe stellte und ihn einen weiteren Sieg auf seinem unvergesslichen Pfad erringen ließ.

Die Rinder des Geryon

Die Rinder des Geryon waren eine beeindruckende Herde von Roten Stieren, die von dem riesenhaften und dreiköpfigen Ungeheuer Geryon bewacht wurden.

Dieses mythische Wesen war in der griechischen Mythologie als der Herrscher der Insel Erytheia bekannt und galt als äußerst gefährlich und mächtig. Als Herkules den Auftrag erhielt, die Rinder des Geryon zu stehlen, begab er sich auf eine gefährliche Reise, um diese herausfordernde Prüfung zu bestehen.

Um die Rinder des Geryon zu stehlen, musste Herkules zahlreiche Hindernisse überwinden und sich gegen die gewaltigen Kräfte des Geryon und seiner Wächter stellen. Mit seinem Mut, seiner Kraft und seinem Scharfsinn gelang es Herkules jedoch, die Rinder zu überwältigen und sie auf den Weg zurückzubringen.

Der Kampf gegen die Rinder des Geryon war eine weitere gefährliche Prüfung auf Herkules' heroischem Pfad, die seine Entschlossenheit und seinen heroischen Geist unter Beweis stellte. Diese Prüfung war jedoch nur ein weiterer Schritt auf seinem Weg zu Ruhm und Unsterblichkeit, der ihn weiteren gefährlichen Herausforderungen und Abenteuern gegenüberstellen würde.

So endet das Kapitel ›Die Rinder des Geryon‹, eine Erzählung von Herkules' mutigem Kampf gegen das Ungeheuer Geryon und seine beeindruckende Herde, der seine Entschlossenheit und seinen heroischen Geist auf die Probe stellte und ihn einen weiteren Sieg auf seinem unvergesslichen Pfad erringen ließ.

Die Äpfel der Hesperiden

Die Äpfel der Hesperiden waren eine der kostbarsten Schätze der griechischen Mythologie, die von den Hesperiden, den Töchtern der Titanen Atlas und Hesperis, bewacht wurden.

Diese goldenen Äpfel galten als Symbole für Unsterblichkeit und ewige Jugend und waren von unschätzbarem Wert. Als Herkules den Auftrag erhielt, die Äpfel der Hesperiden zu erlangen, begab er sich auf eine gefährliche Reise, um diese Herausforderung zu meistern.

Die Äpfel der Hesperiden waren jedoch nicht leicht zu erreichen. Sie wurden aufbewahrt in einem prächtigen Garten am äußersten Ende der Welt, der von den Hesperiden und dem furchterregenden Drachen Ladon bewacht wurde. Herkules musste zahlreiche Hindernisse überwinden und sich gegen die mächtigen Wächter stellen, um die Äpfel zu erlangen.

Mit seiner unerschütterlichen Entschlossenheit und seinem heldenhaften Mut gelang es Herkules schließlich, die Äpfel der Hesperiden zu erreichen und sie zu stehlen. Seine Taten wurden in den Annalen der Geschichte verewigt und sein Ruhm als größter aller Helden gefeiert.

Der Diebstahl der Äpfel der Hesperiden war eine weitere gefährliche Prüfung auf Herkules' heroischem Pfad, die seine

Entschlossenheit und seinen heroischen Geist unter Beweis stellte. Diese Prüfung war jedoch nur ein weiterer Schritt auf seinem Weg zu Ruhm und Unsterblichkeit, der ihn weiteren gefährlichen Herausforderungen und Abenteuern gegenüberstellen würde.

So endet das Kapitel ›Die Äpfel der Hesperiden‹, eine Erzählung von Herkules' mutigem Kampf gegen die mächtigen Wächter und seine erstaunliche Errungenschaft, die seine Entschlossenheit und seinen heroischen Geist auf die Probe stellte und ihn einen weiteren Sieg auf seinem unvergesslichen Pfad erringen ließ.

Der Kerberos

Der Kerberos (latinisiert Cerberus, deutsch auch Zerberus – ›Dämon der Grube‹), auch bekannt als der Höllenhund, war eine furchterregende Kreatur aus der griechischen Mythologie, die als Wächter der Unterwelt fungierte.

Mit seinen drei Köpfen und seinem gewaltigen Körper war der Kerberos ein unüberwindbares Hindernis für diejenigen, die in die Unterwelt hinabsteigen oder aus ihr entkommen wollten.

Als Herkules den Auftrag erhielt, den Kerberos zu bezwingen, machte er sich auf den Weg zu seiner letzten und gefährlichsten Prüfung.

Um den Kerberos zu bezwingen, musste Herkules in die Tiefen der Unterwelt hinabsteigen und sich den Gefahren und Schrecken dieser düsteren Welt stellen. Mit seinem Mut und seiner Entschlossenheit gelang es ihm, den Kerberos zu überwältigen und ihn an die Oberwelt zu bringen.

Der Kampf gegen den Kerberos war Herkules' letzte Prüfung, eine Herausforderung, die seinen heroischen Geist und seine unerschütterliche Entschlossenheit auf die Probe stellte. Mit seinem Sieg über den Höllenhund bewies Herkules seine

Unerschrockenheit und Tapferkeit bis zum Ende seines heldenhaften Lebens.

Mit dem Kapitel ›Der Kerberos‹, eine Erzählung von Herkules' mutigem Kampf gegen den Wächter der Unterwelt, der seine Entschlossenheit und seinen heroischen Geist bis zum letzten Atemzug auf die Probe stellte und ihn zu einem der größten Helden der Geschichte machte, enden die Prüfungen.

Über den Autor

Lutz Spilker wurde im Jahre 1955 in Duisburg geboren.

Bevor er zum Schreiben von Romanen und Dokumentationen fand, verließen bisher unzählige Kurzgeschichten, Kolumnen und Versdichtungen seine Feder.

In seinen Büchern befasst er sich vorrangig mit dem menschlichen Bewusstsein und der damit verbundenen Wahrnehmung. Seine Grenzen sind nicht die, welche mit der Endlichkeit des Denkens, des Handelns und des Lebens begrenzt werden, sondern jene, die der empirischen Denkform noch nicht unterliegen.

Es sind die Möglichkeiten des Machbaren, die Dinge, welche sich allein in der Vorstellung eines jeden Menschen darstellen und aufgrund der Flüchtigkeit des Geistes unbewiesen bleiben. Die Erkenntnis besitzt ihre Gültigkeit lediglich bis zur Erlangung einer neuen und die passiert zu jeder weiteren Sekunde.

Die Welt von Lutz Spilker beginnt dort, wo zu Beginn allen Seins nichts Fassbares war, als leerer Raum. Kein Vorne, kein Hinten, kein Oben und kein Unten. Kein Glaube, kein Wissen, keine Moral, keine Gesetze und keine Grenzen. Nichts.

In Lutz Spilkers Romanen passieren heimtückische Morde ebenso wie die Zauber eines Märchens. Seine Bücher sind oftmals Thriller, Krimi, Abenteuer, Science Fiction, Fantasy und selbst Love-Story in einem.

»Ich liebe die Sprache: Sie vermag zu streicheln, zu liebkosen und zu Tränen zu rühren. Doch sie kann ebenso stachelig sein, wie der Dorn einer Rose und mit nur einem Hieb zerschmettern.«

In dieser Reihe sind bisher erschienen

Die Erfindung der Langeweile
Die Erfindung des Menschen
Die Erfindung des Geldes
Die Erfindung des Teufels
Die Erfindung des Erfolgs
Die Erfindung der Sterblichkeit
Die Erfindung der Lüge
Die Erfindung der Freiheit
Die Erfindung des Todes
Die Erfindung der Welt
Die Erfindung des Inselmenschen
Die Erfindung der Zeit
Die Erfindung der Seele
Die Erfindung der Politik
Die Erfindung des Gewissens
Die Erfindung der Religion
Die Erfindung der Schuld
Die Erfindung der Gerechtigkeit
Die Erfindung des Friedens
Die Erfindung des Selbstgesprächs
Die Erfindung der Zukunft
Die Erfindung der Pornographie
Die Erfindung der Verschwendung
Die Erfindung des Erwachsenseins
Die Erfindung der Hölle
Die Erfindung der Überbevölkerung
Die Erfindung des Himmels
Die Erfindung der Monarchie
Die Erfindung der Unterhaltung
Die Erfindung der Sprache

Die Erfindung der Musik
Die Erfindung der Wiedergeburt
Die Erfindung des Zufalls
Die Erfindung der Namen
Die Erfindung des Bewusstseins
Die Erfindung des freien Willens
Die Erfindung des Wahrsagens
Die Erfindung der Körpersprache
Die Erfindung des Schlafs
Die Erfindung der Sklaverei
Die Erfindung der Angst
Die Erfindung der Vernunft
Die Erfindung des Vollmonds
Die Erfindung des Vitamin B
Die Erfindung des Make-Up
Die Erfindung des Weihnachtsfestes
Die Erfindung des Ku-Klux-Klan
Die Erfindung des Träumens
Die Erfindung der Flaschenpost
Die Erfindung der Mafia
Die Erfindung der Freimaurer
Die Erfindung der Freibeuter
Die Erfindung der Raumfahrt
Die Erfindung der Tempelritter
Die Erfindung des ADHS-Syndroms
Die Erfindung der Homöopathie
Die Erfindung der Freizeitparks
Die Erfindung des Werwolfs
Die Erfindung des Astralkörpers
Die Erfindung des Zölibats
Die Erfindung des Herkules

FSC
www.fsc.org
MIX
Papier | Fördert
gute Waldnutzung
FSC® C083411

Zeitfracht Medien GmbH
Ferdinand-Jühlke-Straße 7
99095 Erfurt, Deutschland
produktsicherheit@kolibri360.de